四季と折り合う

佐藤映二

目次

小林貴子さんの季語体験

季節は否応なしに巡ってくる。地球温暖化のせいで遅速はあっても、必ず、春夏秋冬は繰り返す。ところが、人生体験に〈再び〉はない。俳句雑誌『岳』（長野県松本市）の小林貴子編集長は、初学時代のある日の体験をつぎのように吐露している。

大学三年の冬、（歳時記を手に―筆者注―）布団にもぐり込んで冬の季語を、時候・天文・地理と書き写していると、寒さに凍えそうになってきた。しかし、人事（生活）、つまり衣食住に関する季語を写す段になったら逆に、からだがぽかぽか温まってきた。

――角川『俳句』（二〇一一年六月号）――

何を汲み取るかといえば、一度きりの人生の一コマを俳句にできるのは、季語の力のおかげだということ。同じ体験をいろんな季語で詠むこともでき、その都度、自分のどこかに潜む感覚に訴えた季語を選ぶようにせよと。

しっかり肝に銘じよう。

天然の冷蔵庫

二〇一七年の六月二十六日、盛岡駅の西方十五㎞にある繋温泉の宿で「岳」東北支部総会と主宰指導句会が催された。

万緑の岩手山（標高二〇三八ｍ）やその西に位置する秋田駒（同一六三七ｍ）の頂き近くには、八の字型ないし帯状の残雪が手に取るよう。この〈青嶺〉に〈残雪〉の景を何とかして一句に、と逸る気持を抑えがたい。

二日目も快晴で、岩手山の南麓にあたる小岩井農場のガイドさんもこの時期の残雪は珍しいと。しかし、それより驚いたのは、天然の冷蔵庫が一九〇五年から五二年ごろまで稼働していたとのこと。農場で造るチーズの保管と夏場のバター瓶詰め作業などのためだった。その構造はといえば、敷地内の小山を横に掘り進め内部は煉瓦とモルタルで固めたあと、外気を土中に貫く鉄管内に取り込み、暖気は上部に逃がすというもの。許しを得て鉄扉の内部に入ると、寒暖計は摂氏十度を示し、一年中この程度の涼しさが保たれていたという。

あの宮沢賢治も何度か現在の田沢湖線の小岩井駅から徒歩でここを訪れ、馬車の喇叭が聞こえるたびにスイスのどこかを連想すると、彼の最長編の詩「小岩井農場」に書いたのだった。

産土の貌だちを詠もう

同年七月二十九日、第二十七回彩の国ベガ俳句大会が開かれた。彩の国は埼玉県の愛称、ベガは織女星から来る。会場は川口駅に隣接する、県の総合文化センター・リリア。この催しを第一回から推進してこられた「紫」主宰の山崎十生氏は、講師に招かれた「岳」の宮坂静生主宰と同じく、俳句を十四歳から始められたと伺う。

演題は「魅力ある俳句―六十年安保以後体験的に」。いつものメリハリのある話しぶりに、百名の参加者が聴き入った。特に印象に残った二点を肝に銘じておきたい。

一つ目。桑原武夫のいわゆる「俳句第二芸術論」で彼の強調したかったのは、世に作られる俳句の九十九％はマンネリで、五七五の形式を真に生かせる作品は一％だ、ということ。自分も一生に一句そういう句が出来れば本望だと、謙遜された。

二つ目。「地貌」に対し「風土」という呼び名には、都鄙（中央と辺境）を対比する視点の中に〈都〉優越の意識が見え隠れしてはいまいか。その土地その土地の対象を等しく愛しむように詠む前田普羅のように、これからも産土の土や水に着目しながら、地貌を再発見してゆきたいと結ばれた。

童話の虫あつまれ

童話の虫森にあつめて賢治祭

（照井ちうじ句集『向日葵』所収）

九月二十一日は宮沢賢治の命日で、花巻の「雨ニモマケズ」碑の前で催される賢治祭には全国から大勢の人が集う。

ちうじの本名は忠治。宮沢家の遠縁にあたり、賢治の弟清六が経営する電気製品金物商に出征時まで勤めた。敗戦と同時にソ連の俘虜となる運命だったところだが、汽車から飛び降りて命からがら逃走、衛生兵として磨いた料理の腕を現地の中華料理店主に見込まれ、そこにしばらく身を置いたあと、引揚船で帰還したという。これは筆者が宮沢家より伺った実話である。

戦後は地元の金属加工会社で働く一方、一九六二年、「夏草」（山口青邨主宰）に入会する。六十九年、夏草新人賞受賞、七十六年同人に。そのかたわら、戦前に習得していたアコーディオンやハーモニカで、音楽好きの宮沢家一家を愉しませたとのことである。

セロ弾いてゴーシュが野より蝶を呼ぶ　　ちうじ

子規・山頭火・一遍

同年九月二十三日、「俳都」松山で、子規・漱石・極堂の生誕一五〇年記念全国俳句大会が開かれた。宮坂静生「岳」主宰（以下、単に「主宰」という）が記念講演の講師に招かれた機会に合わせ、前日に現地に入った。最初に訪ねたのは四国霊場五十一番札所の石手寺。小雨のなか、六人の仲間と一緒に深閑たる境内に佇んだ。

「見上ぐれば塔の高さよ秋の空」（子規）は、子規が従軍記者として帰国の船内で喀血し重態となるも回復、すぐに東京に帰らず松山の漱石の下宿・愚陀仏庵に身を寄せていた折の吟行句である。

次に訪ねた一草庵は、種田山頭火の終の住処となったところ。萩の花が真っ盛りで苑内の径を塞ぐほどだった。「おちついて死ねさうな草枯るる」（山頭火）の自筆句碑も。不意に蟋蟀が私の頭を掠めて着地し、いい句材となってくれた。

翌日は、一遍上人の誕生した寶巌寺を訪ねたその足で、市立子規記念博物館へ。四階のホールには三百数十人の俳句愛好者がぎっしり。募集句特選の披講・表彰式・選者講評を午前中に終え、主宰は午後一時過ぎから「子規の直・漱石の拙」の演題のもと、肝胆相照らす二人を浮き彫りにされた。

ロストロポーヴィッチの一夜

「バッハのこの曲は私を成長させてくれる音楽です。この作品の演奏には〈これで完成〉ということがなく常に新しさがあります」

アンドレアス・ブランテリド（一九八七年デンマーク生れ）が、無伴奏チェロ組曲の日本での初演奏に先立ち、ＮＨＫのＢＳプレミアム番組の中で語った言葉です。

思い出は七四年に溯りますが、往年のチェリストで親日家でもあったロストロポーヴィッチのリサイタルが、私の駐在するフランクフルトで催されました。後日わかったことですが、彼は二年有効のビザを取得してモスクワから出国、そのまま米国への亡命を果たす途上のことでした。その最初の逗留先で弾かれたバッハの、この名曲をナマで聴く幸運に私は恵まれたことになります。

その晩の会場の緊迫した雰囲気は、冷戦の最中やむなく祖国を離れた演奏家の芸術への熱意を汲み取ろうとする聴衆が醸し出したものに違いありません。

若手チェリストのホープ、ブランテリドの伸び伸びした演奏を堪能して、四十数年前の私に戻った気分でした。

季語の現場に立ち会う

同年十一月二十三日、待ちに待った現代俳句協会創立七十周年記念全国俳句大会が東京有楽町の帝国ホテルで幕を開けた。

開会の辞と各種表彰に続き、現役教師四人のフォークグループ「じんましんず」による自前の歌と伴奏で、八百人ほど着席する会場が一挙に和んだ。

筆字に絵入りで画面に映し出された句は「ジュニア俳句祭優秀作品」に選ばれたものばかり。「幸せをいつも入れてる冷蔵庫」「夕焼けをご飯にのせていただきます」「迷うなら向日葵畑走りだせ」（演奏順）など、子どもならではの発想にふさわしい旋律とギター伴奏の俳句ソングが好評を博した。

これに続く宇多喜代子さんの講演も面白かった。①歳時記は紙、それも上質の紙製に限る。②歳時記とは、あなたの、ひいては日本人みんなの記憶の再生装置である。③季語の現場とは、日々暮らしているところであってどこか出かけて行く先にあるのではない、など。軽妙な語り口で会場を沸かせた。

シンポジウム「俳句の未来・季語の未来」は、①俳句の今を象徴する三句。②歳時記に新しく採用したい季語。③俳句の未来を示す一句、の三点に関する事前アンケートへの回答をもとに四俳人が自説を述べ合い、充実した一時間であった。

「原爆ドーム前」という停留所

二〇一八年五月の「岳創立四十周年記念対談」にお招きするゲストのお一人、アーサー・ビナードさん作の『ドームがたり』（スズキ・コージ画、玉川大学出版部）を読んだ。

広島を訪れた作者が「原爆ドーム前」という電車の停留所に降り立つと、ふとドーム君のつぶやきを聞く。「広島の人はぼくのことを単にドームと呼ぶから、〈原爆〉は自分の姓なのだろうか」と。話は、一九一五年竣工の広島県物産陳列館がチェコ人の設計家によるものだったという、ドーム君の生い立ちから始まるが、八月六日のドーム君の独白は壮絶を極める。「ウランのつぶつぶをぼくのうえでわったんだ」「ぼくのむねのクマゼミもころされた」

終戦後の復興の槌音をうれしく聞く一方で、同じ核分裂の威力を当てにする原子力発電の売り込みの声にも敏感なドーム君。自分の頭部に毎年巣づくりをする雀たちを迎える喜びの一方で、生まれてくる子雀たちに、残存する放射能を気づかうドーム君など、核世界の厳しい現実を生き抜く物語。

「ぼくは生き物がそばにいるとうれしい」という言葉で、絵本は結ばれる。ぜひ一度、図書館で手にとってほしい。

姉のあだ名はホタルイカだった

大峯あきら逝去のあとを追うかのように、金子兜太が他界した。文字通り二つの「巨星墜つ」である。虚子直系の伝統派俳人と現代俳句の旗手の二人の類いまれな対談が主宰の司会で実現し、俳句総合誌に収録されたのも記憶に新しい。

お二人に関して、筆者の個人的な回想を書かせていただく。

二〇一一年十月、大峯さんは第八句集『群生海』で第二六回詩歌文学館賞を受賞された。選考委員代表であった主宰の選評のあと挨拶に立たれた氏は、哲学者でかつ浄土真宗のご住職らしい控えめな話しぶりで、花や鳥が自分たちについて語っている言葉を聞き止め得て初めて俳句の言葉は生まれる、と話された。帰路の新幹線の車中で氏とたまたまお会いでき、前日入手したばかりの本に署名していただけて、いまや形見がわりである。

一方、金子さんには、機会をとらえて、氏の日銀福島支店時代に私の姉もたまたま在籍していたことをお伝えするや、すぐ思い出してくださり、当時の女子行員たちを自分の直感で付けたあだ名で呼んでおられたという。ちなみに、小柄で目の大きい姉のあだ名は、なんとホタルイカだった。

沈めてよいか「第五福龍丸」

「岳」関東支部恒例の吟行会、今回は江東区の夢の島へ。その一角に保存された第五福龍丸をつぶさに見る機会に恵まれた。この船体と、漁労日誌をはじめとする被曝関連資料や物資を収めた展示館が出来るまでには、重い歴史がある。

一九五四年三月一日、マグロ延縄漁のこの木造船とその乗組員二十三人全員が、太平洋のビキニ環礁で米国の行っていた水爆実験により被曝した。米政府の船体処分案を退けて国が買い上げ、放射能の低減を待って東京水産大の練習船「はやぶさ丸」となる。十年後に廃船処分となり、

「夢の島」に繫留されたまま沈みかけたことも。しかし、この船が死の灰を浴びた第五福龍丸だとのＮＨＫの報道や「沈めてよいか第五福竜丸」の投書（朝日新聞の「声」欄）などから保存運動が起こり、これを受け止めた都の管理下で船体の保存修復が進み、ようやく恒久的に保存されることになったという。

「極めて現代的課題を負うこの遺産にじかに触れながら作句することで、季語の使い分けや俳句の詠み方が新鮮になる」

と、吟行後の句会で主宰が話されたことに感銘した。

感情や経験を支えに味わうアート

「……皆さんの感情や経験を支えとして演奏を聴いてほしいのです。どう聴いてほしいか、私たちは言葉で伝えるのではありませんから」

——E・ドゥ・ベンドラック

これは、若手の女流四人で組まれたフランスの弦楽四重奏団の来日を機に、第二ヴァイオリン奏者がNHKの視聴者に向けて話した言葉の一節です。試みに、この言葉を、私なりに言い換えてみます。

「……皆さんの感情や経験を支えとして俳句を味わってほしいのです。

どう味わってほしいか、私たちは俳句で伝えるのではありませんから」と。

よく言われるとおり、すぐれた俳句は読みかた次第で作者の思いもおよばない、さまざまな印象を読者に呼び起こす力をもっています。「読みかた次第で」とは、「皆さんの感情や経験」次第で、と言い換えられるのではないでしょうか。

句会で選んだ句の寸評を求められたら、自分の感情を全開にし経験を総動員して、一句から涌きあがるイメージを思いっきり、自分の言葉にするよう努めようと言い聞かせました。

大地の平安のための祈り

「堤真一×アメリカ　謎の古代遺跡」というNHKの番組を観た。合衆国南西部の少数民族でプエブロという部族の、電気も水道もない暮らしを続ける人々のルポである。

ある老女が「あなたの国は日本語が自由に話せるでしょう」と切り出した。険しい目付きで彼女は話し続ける。

「私たちはこの百年のあいだ、先祖伝来の言葉を使うことを禁じられ、固有の文化が失われる危機に曝されたのよ」。その連れ合いがさり気なく口を添え、「今日はこの孫娘の誕生日だから、お祝いの歌を」と。手拍子をとりながら、「ヘィヤホウ、ヘーイヨウ、ハィヤホウ、ホウー：：」の彼らの言語による歌がしばらくあって、結びだけは、「ハッピー・バースデー・トゥー・ユー」だった。小川からの水汲みや薪割り、炊事その他の家事のために村外から通って来るこの孫娘を抱擁し頬ずりする場面に涙を誘われた。

また堤は、神聖な祈祷を行う非公開の〈キバ〉という場でなされる祈りについて、その村の長から貴重な言葉を引き出している。「私たちはわが民族のためだけでなく、大地のため、あなた方を含め全世界のために祈るのです」。

野菊とは雨ニモマケズ

野菊とは雨にも負けず何もせず

（和田悟朗句集『即興の山』所収）

掲句は、あの「雨ニモマケズ」の本歌取りだと思います。生前の和田悟朗さんと一度だけ立ち話をする機会を賜ったのは、水の構造に詳しい化学者でかつ俳人である同氏と、アインシュタインらの四次元時空論に触発された詩人賢治が、どこかで重なるように思われたからでしょうか。

氏は一九六九年、佐藤鬼房を訪問（あいにく不在）の途次、花巻に光太郎と賢治の、渋民に啄木の、跡を訪ねています。氏の師橋閒石の句「銀河系のとある酒場のヒヤシンス」は、「ここは銀河の空間の太陽日本 陸中国の野原である、青い松並 萱の花 古いみちのくの断片を保て」（賢治「農民芸術概論綱要」）を筆者に想起させます。一方、氏自身には「舌を出すアインシュタイン目に青葉」（『人間律』所収）のような句もあります。

冒頭の句に戻りますが、〈野菊〉が無垢・無心の象徴で、〈何もせず〉が老荘の無為自然の暗喩と解しますと、「デクノボー」への賢治の憧れにも通じる境地ではないか、と思うのは我田引水でしょうか。

中学生と「俳句かるた」

二〇一八年七月、東京巣鴨の本郷中学校恒例のサマーセミナーの教室に向かった。今回の私の講義は、一年前の「宮沢賢治」に代えて、「『かるた』で俳句」。「岳」創立四十周年の記念品としてお配りした箱入りの『宮坂静生俳句かるた』（木版画家　伊藤卓美・刻）を教材にしない手は無い。加えて、深川芭蕉記念館で頒布している『芭蕉旅かるた』と、松山で前年求めた『子規さん俳句かるた』セットも持参した。

持ち時間は九〇分。前半は、①俳句は五・七・五のリズム②俳句は季語の力によって伝わる詩、の二点を手書きのプリントで講義。後半は「かるた」仕込みの俳句で日本語力を！　である。

まず、①の例句「夕焼けをご飯にのせていただきます」（ジュニア俳句祭作品）に、「えっ、これが俳句？」「へぇ、やるじゃん」。②の例句「竹馬やいろはにほへとちりぢりに」（久保田万太郎）の上五は、〈縄跳びや〉〈スケートや〉でもいいよと。

後半の「かるた」取りは、芭蕉の旅の句二十句と子規、宮坂静生の各五句に絞った。計三十句を妻が一句一句読み上げ、絵札が素早く取られたところで、私から句意を手短に。

各学年二人ずつ、六人が鎬を削った場面はご想像あれ。

縄文人の祀りを幻視する

上野の森の『縄文―一万年の美の鼓動』特別展に出向いた。深鉢型の土器ばかりを十基ほど円錐状に揃えたコーナーで、その縁取りの火焔が揺らめくように見えてきたせいか、幻想に取り憑かれた。

氷河期を過ぎて数千年が経ったころ、縄文人の棲む日本列島の集落のあちこちに、祀りの場がつくられていった。死者を悼む一方で、新たな生命の誕生を祈願する場がそれであった。

祀りの場の中心部。地面を一段掘り下げて作られた火床に薪が焚かれ、そこに深鉢型の土器が据えられている。里長であろうか、一人が星空を仰いで呪文を唱えるなか、人々は輪になって手を組み、周囲を廻りはじめる。その輪の中に、ある身振りを繰り返す人が現れ、それに倣う人たちが次々に増えてゆく……。

自然の運行を司る神々への捧げ物でもある土器や土偶の制作者が、里長から祭祀を任されることもありえたか……。

これら縄文の、世界でも例を見ない優れた造形の逸品がこの晩秋、パリに会場を移して公開されるという。かつて岡本太郎を遇したその地で、観覧に訪れる人々にどんな驚異をもって迎えられるかが楽しみである。

「わたしの兜太」それぞれ

同年九月二五日、東京有楽町の朝日ホールで、雑誌『兜太　Tota』創刊記念の催し（藤原書店主催）があった。「わたしの兜太」と題して主宰を含め七人がそれぞれ故人との関わりに触れながら、前人未踏とも称すべき兜太の巨きな足跡を踏まえた悼辞を述べた。ここでは、それに先立ち上映された映画「天地悠々　兜太・俳句の一本道」（予告編）の監督河邑厚徳氏の話の一端を紹介したい。

氏は、NHK制作局の一員として『シルクロード』シリーズほかの映像を担当したほか、ダライ・ラマやM・エンデらを取材した経験から、兜太のユニークな人となりに関心を抱き、その表情・声音・衣と食のありようなどからその人の全体像を描くことを心がけてきたという。二〇一三年から折にふれて記録を撮りつづけ、この年の二月九日という生死を分けるぎりぎりの時期に、子息の真土さんに許されて熊谷の自宅で収録する機会も。

「兜太という人は世界中でも他の人に代えられない、本当にかけがえのない日本人だ」との一言は、公開されたごく一部の映像からも、決して過言ではないと感じられた。

兜太が九九歳を迎えるはずだった九月二三日を完成目標としたという、全篇七四分のドキュメンタリー映画公開が待ち遠しい。

ラフマニノフの四季折々

ラフマニノフの生涯にわたって作曲した二十四の前奏曲が、バッハの先駆的な「平均律クラヴィーア曲集」全二十四曲と同じく、平均律のすべての調性を網羅したものであることを遅まきながら知った。今回、東京でこれを演奏したコンスタンティン・リフシッツ氏がNHKの録画収録に際し、情熱たっぷりに語った言葉を要約する。

「ラフマニノフの前奏曲には彼の芸術観が内包されています。私たちの一生には、栄光と喜びに包まれる時期もあれば、失意と悲嘆にくれる時期もあります。加えて、最愛の人の死に遭う場面も……。彼の一曲一曲を水滴に喩えるならば、人生のさまざまな側面がその水滴のきらめきとして映し出されます。それはまた、私たちの身近な自然が四季折々に見せる異なった表情に通じ合う側面でもあるのです」（原文は英語）

四季の風物のさまざまな相貌を経糸とし、作曲家自らの波乱にみちた生涯を緯糸として生まれたのがラフマニノフの前奏曲だといえよう。とすれば、芭蕉が命がけで敢行した長途の行脚のあと、四年もの歳月を費やして書き上げた、あの『おくのほそ道』が彼の自然観・死生観の到達点であることに改めて想いが到るのである。

母親が出てこない賢治童話の味わい

同年一一月、千葉県柏市の「かしわ賢治の会」に招かれて話をした。賢治には、童話「やまなし」における蟹の父子のように、母親の居ない話がいくつかある。蟹の子の兄弟のやりとりには、母に甘えられずに育った影がどことなくつきまとう。〈クラムボン〉を母のシンボルだとする見方もある。

私は、童話の第一部では〈樺の花〉が、第二部では〈やまなしの実〉がそれぞれ母親の慈愛と安らぎの形をとったものとみる。彼らの棲む谷川に、遅い春の終りには山桜の花びらが舞い、秋には熟れた小梨の実が落ちやがて果実酒が出来る。あたかも天からの恩寵のように。

一方、童話「祭りの晩」は、山の神のお祭りに行った少年亮二が、食べた団子のお金を払えないでいる山男に自分の小遣いをやって家に帰ると、山男がそのお礼に薪と栗まで庭先に届けるという話だが、その栗や薪が山の神の恵みで、それを照らす月は亮二の母恋を受け止めるかのよう。「月」が母性そのもので、その由来が縄文期の地母神信仰にあることは、主宰の『季語の誕生』(岩波新書)に詳しい。

余談ながら、賢治に「蟇ひたすら月に迫りけり」の一句がある。これは「蟇一鷲月に迫りけり」(村上鬼城・大正十五年作)の模倣作だが、賢治の縄文志向はここにも色濃く窺えるのではないか。

「春の鹿の纏う闇」の訳しかた

岳有志によるドイツ行きを間近に控え、ハイデルベルク大学での主宰講演に続き小生が静生俳句を紹介するコーナーがあり、その英語による語釈と訳詩にチャレンジ中です。一例を挙げます。

春の鹿まとへる闇の濃くならず　　静生

先ず、単に「鹿」と言えば、牡鹿の妻恋の声によって万葉の時代から秋のものとされること、その上で「鹿」は春が懐妊期に当ることに言い及びます。次は「闇」。夏の「短夜」、秋の「夜長」などと対比して、春は「遅日」が季語であるなどと解説します。試訳は次の通り。

The deer are sound asleep through the night
under the spring sky
it won't get darker for them

とやってみましたが、「まとへる」が表現できていません。改訳は

Spring night falls
gradually on the deer
it won't get darker any more

夜の闇がしだいに降りて鹿の群れを覆うイメージはどうにか浮かぶかと思いますが、「闇を纏う」という鹿の擬人化は日本語独特のニュアンスですから、更にもう一工夫を要しそうです。

オノマトペの達人

安曇野の「絵本のおうち」で、「岳」の連衆を前に「オノマトペの達人・宮沢賢治」と題して話したことがある。「どっどど　どどうど　どどうど　どどう」（「風の又三郎」）が最も有名だが、ここでは、あまり知られていないオノマトペの例を紹介しよう。

「鹿は大きな環をつくつて、ぐるくるぐるくる廻つてゐましたが、よく見るとどの鹿も環のまんなかの方に気がとられてゐるやうでした。」

（童話「鹿踊りのはじまり」）

嘉十という農民が栗の木から落ちて怪我をした膝を、山の湯に小屋がけして治そうと出向く途中、六頭の鹿の廻りを目撃する場面である。嘉十が置き忘れた手拭いを取りに戻ると、それが鹿にやるつもりで置いた食べ残しの栃団子の脇にある。それらを取り巻いて鹿たちが廻っている。食べたいものの脇に、彼らには正体不明の汗臭いものが腹這うようにしているため、どの鹿も代わる代わる、環を乱して真ん中の方へ引っ張られるように廻る有様を、「ぐるくるぐるくる」と濁音と清音を交互に組み合わせた擬態語で表現したのではあるまいか。

句作においても時にオノマトペの恩恵にあずかることがあり、同じ擬音を安易に重ねない心遣いが求められよう。

大津波の破壊力

二〇一九年三月二日の岳・仙台句会には「地震八年」を詠む句が出た。三日夜のNHK総合テレビでは「黒い津波」と題する特別番組が報道された。気仙沼市の海岸で大震災の翌日に採取されていた二リットル入りペットボトルのどす黒い水が、このほど、三陸沖の津波の破壊力を分析推定する上で大きな役割を演じたことが明らかになった。

中央大学理工学部研究チームの実験によれば、その汚泥を含んだ水と同濃度の海水と普通の海水とを上下二つの水槽に貯め、横から同じ圧力を加えた場合、前者の方に後者より二倍以上の強さの衝撃力が観測されたのである。それは前方に押す力と上に浮かす力の二方向に働き、入り組んだ漁港に停泊していた巨大な船体を陸に押し上げる結果となったと推定される、など津波の脅威を目の当たりにした。

同番組では、膝まで来た津波に身体のバランスを崩し、起き上がっては倒される人の生々しい映像に続き、その亡くなられた方の親族が取材に応じ、本人の財布に入っていた一枚のメモ書きを示す場面もあった。カラオケのおはこだったという二十曲のタイトルが、しっかりした筆蹟で書かれ、「高原列車は行く」「骨まで愛して」などの文字も読み取れて、思わず手を合わせたくなった。

「はらわたの熱きを恃む」をどう訳すか

二〇一九年六月四日は、ハイデルベルクの日本文学専攻の学生向けの主宰講演のあと、「宮坂静生の俳句―その骨格と素肌」と題して、小生がその代表句を紹介するコーナーが予定されている。彼らに「はらわたの熱きを恃み鳥渡る」の詩情を理解してもらうのはそう容易ではない。まず、「はらわた」。長途の旅をしてきた鳥たちを目の当たりにしての感動が基調なので、大事なことば。次に、「恃む」とは激烈な天候や外敵に曝されるなかでの飛翔に欠かせぬ、というニュアンス。

Migrating birds have just landed（渡り鳥が次々に着水する）

with nothing to rely on,（頼りにして来られたのは）

but their vigorous bowels（彼らの内燃機関たるはらわただけ）

これだけで渡り鳥の決死のわざを想起できるか、と言うとやや覚束ない。そこで、掲句の対となる句「日に推され月に癒やされ鳥の道」を紹介したい。

Heat-stricken by the sun,（灼熱の太陽に追われ）

tenderly nursed by the moon,（月の光に慰められ）

birds keep their way of migration（鳥たちは渡りつづける）

渡り鳥に注がれる作者の目の奥に生きとし生きるものへの愛が宿っていることを実感してもらいたいものだ。

アンデルセンの自戒

若い頃からアンデルセンの童話が好きで、通勤の途次など、大畑末吉訳の岩波文庫の一巻を持ち歩き、混み合う車内の連結部に場所を確保して、その短い一篇か二篇を読むのが清涼剤になったものでした。そのうち、エブリマン・ライブラリーの英訳童話集の一冊が宮澤賢治の愛読書であったことを知り、古書店でその年代のものを買い求め、賢治童話への投影をあれこれ探る楽しみも増えました。

彼の傑作の一つに賢治も読んだ「小クラウスと大クラウス」があるのですが、上記の英訳本には、この童話の自注としてこんなことを誌していていますヽ「話し手の声音がこの文体から聞こえてくるようでないといけない。（中略）この話に限ったことではないが、メルヘンは子ども向けに話されるけれど、大人も聴き耳を立てるに値するものでなければ駄目だ」という意味の自戒の言葉です。

翻って、自分の肉声が聞こえるような俳句をどれほど作ってきただろうかと考えます。しかし、自分らしさは自分では分からない、主宰や俳句仲間によってそう評されることでもいいのでは・・・。

平凡な結論に落ちついたところで、平成最後の原稿の締め切り期限がきたようです。

助川敏弥のピアノ・ピース

助川敏弥（一九三〇〜二〇〇五）という作曲家をご存じでしょうか。最近、そのピアノ・ピースを深沢亮子さんの演奏で聴く機会がありました。深沢さんは生前の作曲家よりその曲想の由来や表現の微妙なニュアンスを直に教示された貴重な生き証人の一人で、「花の舞」「松雪草」その他の曲の演奏にはそうした気遣いが覗われました。

第一曲では、桜の止めどなき散り際を思わせる三連音符の音型の進行とその洗練された転調（トランスポジション）にそれが如実に表れていたように思いました。また、第二曲の表題「松雪草」はスノードロップのことですが、曲の中間部に現れるハープの音色を想わせるアルペジオの重なりが、あの涙滴型の真珠のような白い花の連なりを私に想起させました。風が起ってそれらが揺れる様子でしょうか、箏の弦を爪弾くのとそっくりの音を、鍵盤から人差し指を高く放つことで演奏し、邦楽の趣を感じさせる場面もありました。

あとで調べてみると、助川は、なんと、高浜虚子の次男池内友次郎の東京芸大時代の教え子であったことがわかりました。

友次郎の代表句に「鶯や白黒の鍵楽を秘む」（句集『米寿光來』）などがあります。白鍵と黒鍵から成る楽器は、もちろん、ピアノのことです。

「セロ弾きのゴーシュ」と画家・茂田井武

画家・茂田井武の最晩年の作品に賢治童話「セロ弾きのゴーシュ」の挿画がある。一九五六年、不治の病の床にあった茂田井が、福音館書店の松井直の訪問を受け応対に出た妻の辞退の言葉を遮って、「それができるなら死んでもいい」と言って挿画を引き受けたとの松井の証言がある。

先年、いわさきちひろ美術館で開かれた回顧展で、「こどものとも」第二号（福音館書店）に載った挿画の原画を観た。苦しがって自分のまわりをぐるぐる回り出す猫を尻目に、ゴーシュが嵐のような勢いでセロを弾く場面に鬼気迫るものを感じたことは記憶に新しい。

彼が俳句を残していたことも、同会場で目にした彼の「句日記」で知った。「螢一ツ北京ノ暗渠ニ明滅ス」は、「一九四五年」の前書があり、中国で敗戦を迎えた暗澹たる気分の作か。

さらに、「復員す大きな虹は雪の上に（一九四六年、一月）」「画料得てまず芋を食う春陽浴び」等に続き、「『銀河鉄道の夜』やすみやすみ一頁」なる一句もある。

驚いたのは、賢治の短歌「そらに居て／みどりのほのほかなしむと／地球のひとのしるやしらずや」の一首に添えて、挿画の描きかけまで残していたことだ。こんなことからも、彼の賢治への強いこだわりを偲ぶことができる。

ヒロシマと石垣りん

二〇一九年八月六日の「ひろしま平和宣言」は、五歳で被災した人が、当時の記憶を詠んだ「おかっぱの頭から流るる血しぶきに妹抱きて母は阿修羅に」という短歌を紹介、その悲惨さを訴えました。

一方、同夜のNHK特別番組「〝ヒロシマの声〟がきこえますか」は、原爆資料館の過去最大のリニューアル・ポイントが、その脅威と遺族の悲しみとを併せて実感してもらう展示にあることを強調しました。例えば、一本の革ベルトは、もともと息子の唯一の形見として母親が仏壇に納め毎日掌を合わせていたものを、彼女の死を待って上の息子が館に託したものだと。折も折、アーサー・ビナードさんは、丸木俊・丸木位里制作の「原爆の図」の一部を基に物語をつくり、それを十六場面の紙芝居「ちっちゃい　こえ」（童心社）として発刊しました。ここで、そのヒロシマから四年後に書かれた石垣りんの詩を掲げます。

戦闘開始
二つの国から飛び立った飛行機は／同時刻に敵国上へ
原子爆弾を落しました
二つの国は壊滅しました
生き残った者は世界中に／二機の乗組員だけになりました
彼らがどんなにかなしく／またむつまじく暮したか――
それは、ひょっとすると／新しい神話になるかも知れません。

雄弁に物語るような音楽のスタイルも

二〇一九年六月、「ヴィオラ・スペース2019」と銘打った珍しい催しがあった。NHKの録画を基に、注目した二つの作品を紹介する。

「ストレンジャー」は、生還した老兵士がその故郷で「見知らぬ人」として疎外される姿をヴィオラと作曲者自身が弾くヴィオラ・ダモーレのデュオによって描く。老兵士役のヴィオラが奏でながら舞台を移動することで帰還の旅のイメージを与える一方、曲の終盤では下手後方へと退き、中央に立つ住民役のヴィオラ・ダモーレに対し、深い嘆息ともとれる一音を宙に放つや、曲が終息する。老兵士の孤絶感、それと表裏をなす戦争の不条理を静かに訴える作品だった。

一方、「八つのヴィオラのための〈桜〉」は、我が国ヴィオラの第一人者である今井信子の委嘱を受けた西村朗の新作。東日本大震災のあと、桜のうつろいから受けた彼の内的な心象風景を描く。不協和音を織り交ぜた豊かな音量によるヴィオラの八重奏が、あの激甚な津波と被災者たちの想像を絶する恐怖、そして悲嘆の日々を偲ばせた。終盤近く、激浪とも聞こえる合奏のさなか、古謡「さくら」の一節がソロで迸る。

黒田杏子選の日経俳壇一席の句「さくらさくらさくらさくら万の死者」（桃心地　大船渡市在住、一一年四月）にも通じ合うものだった。

左手のピアニスト舘野泉が花巻で

今回も音楽の話題です。私事ながら、長いこと懸案だった、昔弾いたヴィオラと娘が手を染めたことのあるセロを母校の管弦楽団に引き取ってもらうことができ、ほっとしています。楽器はどちらもドイツ滞在中に入手し、帰国後は室内の壁に吊していたので、引き取りに来てくれた学生から保存状態がいいと喜ばれました。

話は四年ほど前に溯ります。舘野泉の委嘱による吉松隆作曲「KENJ……宮沢賢治によせる」が、花巻のイーハトーブ館で演奏されたときのことです。舘野泉（ピアノ）、令弟舘野英司（セロ）、柴田暦（ヴォーカル）

による演奏でした。賢治の童話「やまなし」や詩「永訣の朝」などをモチーフにした八つのパートから成るもので、彼の左手によるピアノがときに激しく鳴り、ときに沈んだ旋律を奏でたことを印象深く思い起こします。演奏会が終り、ロビーで彼の近著『命の響』（集英社）にサインしていただきながら、かつて私がヴィオラのレッスンを受けたT氏のことに触れたところ、東京芸大時代を通じ心を許しあう親友だったと、顔をほころばせていました。

音楽の取り持つ古い縁がこんな形で日の目を見たことに感極まったひとときでした。

「渡り三分の景七分」——元石工の寸言

地元のシルバーセンターには、いつも除草のお世話になっている。その要員のお一人で、この十二月に八十四歳となられるNさんが、除草の合間に、一株の南天を剪定して下さり、その清楚な仕上がりに感心した。Nさんによると、奈良の寺院で石工の仕事をしていたころ、ある植木職人に教えてもらった「遠州の透かし剪定」というのだそうだ。あの江戸初期の大名で、建築・庭園・陶芸の巨匠、小堀遠州の名を冠した剪定法である。

Nさんは、さらに言葉を継いで、建築家辰野金吾はみずから設計した日本銀行本店や東京駅丸の内駅舎などの石積みに関しても目配りを怠らなかったという。そして、ふたたび遠州に話を戻し、「わたりさんぶのけいしちぶ」という言葉を挙げた。私なりに表記してみると「渡り三分の景七分」。つまり、敷石の配置に関し、歩幅への配慮は三割程度でよく、見渡される庭の景観に七割の重きを置くよう案配せよとの作庭の極意を伝えたものらしい。

小林貴子著第三句集のタイトル「黄金分割」(一つの線分を二つに分ける比率が一対一・六)への思い入れもさぞや、である。

ほべつ銀河鉄道に乗って

賢治童話「銀河鉄道の夜」の尽きることのない魅力に支えられて、地域文化の灯が点じられた例がいくつかあります。

その一つが、北海道むかわ市の「ほべつ銀河鉄道の里づくり委員会」の活動でした。八六年旧国鉄の民営化に伴い廃線となった富内線の終点富内駅が穂別地区にあることに着目。その駅舎と周辺の鉄道備品を「町づくり」のために保存させてほしいと、旧国鉄に申し入れます。その結果、なんと、駅舎ばかりか、プラットホーム二本、一キロメートルのレールまでを〈撤去し忘れた〉ことにしてくれたのだそうです。

それから十五年後の二〇〇一年、「銀河鉄道の夕べ」という一大行事が穂別神社の祭礼の日に合わせて開催され、その鉄路を当時の汽笛を鳴らして「ほべつ銀河鉄道」が走ったのです。旧国鉄当時そっくりの切符は今も私の宝物です。もちろん、その陰には、「『坊っちゃん列車』を走らそう会」の協力がありました。ドイツ製ＳＬの復元車は、松山港から小樽港までの海路と大型トラクターによる陸路を使って。

旧駅構内には、賢治の設計図「Tearful eye（涙ぐむ目）」をほぼ忠実に再現した花壇が植栽され、祭典に文字通り花を添えました。

天の川下りといふにいくうねり　　佐怒賀正美

銀河に開く窓

前回の「北のイーハトーブ」（むかわ市穂別）の話に続き、今回は南、といっても岡山県津山。「国民文化祭」がらみで、地域の活力を「銀河鉄道の夜」のミュージカル化に注ごう、という試みです。

二〇〇七年一月、「津山《風と光と心の劇場》実行委員会」の意向を承けた作曲家仙道作三氏からの依頼でした。当日は、西東三鬼ゆかりの津山城址ほかを吟行したあと、満天の星空の下を劇場に向いました。勉強会での私の話の柱は、次の五点でした。

①ジョバンニの家の貧しさについて

②ジョバンニの〈孤独〉 ③〈天気輪の柱〉の役割

④親子愛・友人愛・神の愛 ⑤〈ほんとうの幸い〉とは？

仙道さんとは、賢治没後五十年祭（八四年、東京新橋ヤクルトホール）のために賢治研究会が作曲・演出を委嘱した「オペレッタ『鹿踊りのはじまり』」の上演以来の長いつきあいです。彼は秋田の中学校を卒業後、集団就職列車で上京、町工場などで働きながら独学でギターを、次いで作曲を学びます。「弟子をとらない主義」だった作曲家柴田南雄の私宅まで何度も通っては懇請を重ね、ついに受け容れてもらえたという希有の人です。私は賢治への繋がりがもたらす縁の不可思議さに打たれています。

出雲崎窓は銀河に開くもの　矢島　恵

絵画から生まれた詩と音楽と

「自分が直接に感じたものが尊い。
そこから種々の仕事が
くるものでなければならない」

これは、長野県の上田にあって、子どもの「自由画運動」と「農民美術」の旋風を巻き起こした洋画家山本鼎の言葉である。賢治の次の詩に出会ったことが、鼎を識るきっかけだった。

どうだここはカムチャッカだな
家の柱もののきもみんなピンクに染めてある

渡り鳥はごみのやうにそらに舞ひあがるし
電線はごく大《だい》たんにとほってゐる
ひはいろの山をかけあるく子どもらよ
緑青の松も丘にはせる　　　（以下略）

（宮沢賢治「自由画検定委員」）

この詩行は六連から成る最初の一連で、〈検定委員〉になったつもりの作者が、眼前の絵と一つ一つ対話しながら展示会場を進んでいくかのようなスタイルで書かれている。

ムソルグスキーは、親友で画家の遺作展を訪ね、「こびと」「古城」などと続く表題の絵から得られた印象を組曲「展覧会の絵」にまとめたという。もしかして、賢治はこれにヒントを得たかも知れない。

佐藤俊介とバッハ「シャコンヌ」

令和元年度の「毎日芸術賞」受賞者のなかで、今回、宇多喜代子さんと並んで注目したのは、音楽1部門の佐藤俊介氏でした。

「バッハは現代曲として弾きたい。堅苦しいイメージとは裏腹に、オペラのドラマ性を取り入れた革命家ですから」と挑戦的。「聖書の教えを伝えるために聴衆の心を揺さぶろうとしたのでしょう。その精神に倣い、どんな時代の曲でもその世界に入り込んで『今』を奏でなければ」と。（毎日新聞記者のインタビューに応えて）

オランダ・バッハ協会音楽監督というまとめ役の一方で、古楽器・モダン楽器のバイオリン独奏者という立場も精力的にこなし、時に冒険もしながら地に足のついた活動を続けてきたことが、今回の受賞に繋がったといいます。

二年ほど前のNHKの番組「クラシック倶楽部」から録画保存し「バッハの無伴奏パルテイータ第二番」を縦横に弾きこなす彼を視聴してきた一人として、これに勝る喜びはありません。

再び、彼の一言を引きます。いわく、「言葉がイメージを捉えるように、音で物語を描けたら」。彼の終曲「シャコンヌ」の演奏はその極致でした。

ひるがえって、わが結社のまとめ役と意欲溢れる自作発表の継続とを両立させてこられた主宰のご苦労を思い合わせました。

肝胆相照らす俳人

例えるならば
たむらちせいの俳句は
熱帯性の榕樹であろう
挫折を根として生い
反逆を幹として聳ち
幻想を葉として繁る

（句集『絵心経』への「序詞」伊丹三樹彦）

たむらちせい（本名、田村智正）さんが二〇一九年十一月、九十一歳で他界された。拙句集『わが海図・賢治』をお送りするや、〈蓑穴を出るとき空気桃いろに〉〈今宵どの螢袋に宿借らむ〉などの数句を選び、親しげな筆蹟で見ず知らずの私を励ましてくださったお人だった。

遅ればせながら、先般、神田の神保町で彼の全句集を求めた。ぱらぱら捲っていたら、冒頭の三樹彦さんの「序詞」が目に飛び込んできた。そして、年譜によると、二〇一三年の項に「四万十市俳句大会で講師の宮坂静生に会う。念願を果たした思い」とあった。わが主宰と年来の肝胆相照らす仲であられたことが、これで判った。

徘徊老人ではありません椿の径　　ちせい

鷹柱頭上に立ちしを誰も知らず

幻の楽器アルペジョーネを聴く

「歌曲の王」と呼ばれるフランツ・シューベルトに異色の作品がある。「アルペジョーネ・ソナタ」である。

彼の死後ほどなく絶滅したと言われていた楽器アルペジョーネがミュンヘンで発見され、それによる演奏を聴くという至福を味わった。ヴィオラ・ダ・ガンバ同様、両脚に挟んで弓で奏されるが、指板にはギターなどにあるようなフレットがついている。クリストフ・コワンがこのアルペジョーネを弾き、ピアノフォルテの金子陽子と共演したリサイタル（東京・武蔵野市文化会館）がＮＨＫで放映されたもの。

目を閉じて耳を傾けると、その豊かに柔らかで少し哀調を帯びた音色といい、楽章の結びに奏されるピチカートの、ゆるやかに舞い飛ぶ蝶のような趣といい、まさに、「春宵一刻直千金」の思いであった。

蛇足ながら、その第二楽章（アダージョ）の歌い出しのモチーフ（ソ・ド・レ・ミ・ミの五つの音から成る上向旋律の）が山田耕筰の「この道」の出だしそっくりなことから、私が愛聴することになったCDの一枚は、ヴィオラとピアノとの共演によるものだった。

名曲との再会が、オリジナル楽器による演奏により、いつしか恩寵ともなる——ミューズの女神礼賛のひとときである。

作曲家仙道作三さんのこと

作曲家の仙道作三さんから久しぶりに電話が入った。前にも触れた通り、郷里の秋田から集団就職で上京、印刷機械メーカーなどで働きながら現代音楽の大御所柴田南雄の師事を受ける僥倖にも恵まれて努力を重ね、遂にプロの道に入った人である。師の促しで作った最初の歌曲が「雨ニモマケズ」で、その公演以来、彼とは四十年以上の付き合いになる。その彼が、新型ウイルス感染拡大の事態に心を悩まし、それを克服することを目ざして、賢治と再度取り組むことにしたというのだった。一ヶ月して届いたのが、歌曲集「賢治の呟きと希み」（作品108番）

手書き稿。先ず、賢治の臨終の際に父とのやりとり場面を回想した一文の朗読を置く。そのバックに流すのが花巻囃子をテーマにした音楽だ。絶筆の短歌二首の歌曲がこれに続く。次いで、賢治の芸術論の結論にあたる「農民芸術の綜合」をテキストにした歌曲群。このあとの間奏曲「太陽マジックのうた」の趣向が凄い。これは、短編「イーハトーボ農学校の春」に譜面入りで「コロナは七十六万二百」なる挿入歌に付けた賢治独自の旋律と、「クラスター（密集音）」という不協和音の塊とを交互に、ピアノで三回聞かせるというもの。終盤は、いわゆる「雨ニモマケズ手帳」の鉛筆挿しより賢治の死後に発見された短歌をテキストに、賢治の法華経への賛仰を歌いあげた曲想の異なる二曲で結ばれる。

彼との電話問答を重ねるうちに、私が励まされる一ヶ月であった。

タゴールの「内なる平和」と沖縄慰霊の日

庭に入ってはいけません　花咲く庭に！
友よ！　入るのはそこではありません
あなたの身体の中にこそ　花咲く庭があるのです
たくさんの蓮の花弁に坐り
そこで　無限の美を見つめなさい

（カビール作詞・タゴール英訳「内なる平和」）

二〇一九年五月に来日したウイーン少年合唱団の演奏会（録画）で、この詩を基に作られた無伴奏の合唱曲（ヴィルト作曲）を聴く機会がありました。『ニッポニカ』によると、カビールは「神は天にも寺院にもいない。心の中にだけ住まう」と説いた十五世紀ごろの北インドの宗教家です。しかもこの曲が、上手な日本語による唱歌「ふるさと」の合唱のあとに歌われたことに、平和の親善大使としての面目躍如たる思いがしました。

詩「内なる平和」は、沖縄慰霊の日に朗読された詩「あなたがあの時」（高良朱香音さん）とも響き合います。また、玉城デニー知事は平和宣言のなかで、第一回沖縄平和賞の受賞者たる中村哲さんの、「干からびた大地を緑に変え、武器を農具に持ち換える喜び」を身を以て示した「非暴力と無私」の精神から多くを学んだと語りました。

沖縄忌幼子に海しかと見せ　宮坂　静生

ピカソの言葉より

芸術家とは、どこからと言わず湧いてくる情感の容れものだ。天から、地上から、紙片から、行き過ぎる物影から、蜘蛛の巣から。これら全てのものを差別してはならぬ。上品も下品もない。

——パブロ・ピカソ

ピカソの作品は、私にとって、自分との関わりを考えながら鑑賞することをしないできてしまった芸術家でした。『ゲルニカ』の大作に対面したとき、戦争の悲惨さを告発する彼の姿勢から、闘う芸術家としての側面を感じとりはしたものの、初期の写実から「青の時代」、キュビスムを経てシュールレアリスム、新古典主義へと遍歴を重ねた人の思想面に目を向けたことはありませんでした。

ドイツで出た画集から拾った上記の彼の言葉などは、俳句の句材についても当てはまります。外界の事物を選り好みしたり、品の良し悪しをあげつらうことの愚かさを教えられます。

さらに、「窓から見える外の景色を中心に据え、窓枠や内壁の一部を描いてみて具合が悪いと、その窓をカーテンで覆い、部屋の内部に主眼を置いたら、絵として仕上がる例も」とか、「眼前の景色を見たまま以上にリアルに描こうとすると、シュールな作品になる」という彼の言葉も、句作に行き詰まった時など、いいヒントになりそうです。

思いを託す「わが臍の緒」

福島はわが臍の緒よもがり笛

この句の上五は当初、「被曝福島」として『東日本大震災を詠む』（俳句四協会編、二〇一五年刊）に掲載されたものだが、大震災から六年を経て出した句集『葛根湯』では改めた。

自分の生まれ育ったふるさとが、日本で未曾有の深刻な原発事故の発生地となり、その影響が未来の何世代にも及ぶことを思うと、「被曝」の二字を外すことに、少なからず躊躇した。しかし、俳句は記録性よりもっと大切なものを伝達できる器ではないか、と思い直した。

もっと大切なもの—それは作者と読み手との情感の通い合いであろう。どんな事情からであれ、故郷を追われるような目にあった人でも、いや、それならなおさら、故郷への思いは疼くもの。故郷に惹かれるにせよ反発するにせよ、故郷は存在感をもつ。そこに思いを託する言葉が「臍の緒」だ、と得心したのだった。

季語〈もがり笛〉は、〈虎落笛〉とも書く。疼きの感覚を呼びさますような語感にも思いを託せるのではないか。

コロナ時代に入った今日、あらためて自省しておきたい。

あとがき

俳句結社「岳」（たけ）の宮坂静生主宰に誘われ入会して、ほぼ三十年の月日が流れた。その月刊誌「岳」にこの小エッセイを連載することになって三年ほどが経つ。テーマは俳句に限定せず、広く、自由でよいとの編集部の意向を踏まえ、これまでの人生を振り返って、俳句以外に支えとなってきた宮沢賢治および音楽との関わりを素材に取り込むことにした。

宮沢賢治との出会いは、二十歳で帰省した冬のひと日に溯る。少し長くなるが、この回想は、若き日の恥を曝して自戒とする上で、書き残しておきたい。

それは、童話「セロ弾きのゴーシュ」との邂逅である。「邂逅」というのは大袈裟だが、当時大学に入りたての自分をゴツンと一撃し、その後の賢治との取り組みを支える原体験となったゆえ、感謝の念を籠めての「邂逅」なのである。

いっぱしの経済学徒気取りだったから、いまさら童話なんぞ、と半身に構えて、偶々兄の本棚にあった『宮沢賢治名作選』（松田甚次郎編）の冒頭にあるこの童話に目を走らせていた時だった。

話の終盤に差しかかったところで、ゴーシュが楽長からアンコールに応えて何か弾いて来いと促され、恥を忍んで舞台に上がる。この場面あたりから興味が湧いてきたらしかった。彼が弾き終わって楽屋に戻ると、楽長はじめ仲間が「火事にでもあったあとのやうに」しんとしている。やや間を置いて楽長が立って言う。「よかったぞお。あんな曲だけれどもここではみんなかなり本気になって聞いてたぞ。一週間か十日の間にずゐぶん仕上げたなあ」と。この辺りまできたら、あろうことか、ふと涙がこみ上げてきた。もう一度読み返してみたら、やっぱりこの辺りで目頭が熱くなる。これは何かある、何だろうと訝しさと不思議さの入り交じった気持を抑えかね、市内で一番大きな本屋へ直行した。そこで出会ったのが昭和文学全集の一巻『宮澤賢治集』（小倉豊文編）である。その中には、童話だけでなく、賢治が「心象スケッチ」として自費出版した『春と修羅』の内容やそれに続く、生前未発表の作品群が目白押しに収録されていた。

挟み込まれた「月報」には、「三日でセロを覚えようとした人」という題の大津三郎という人のエッセイまで載っているではないか……。

後日談だが、宮沢賢治研究会（創立一九四七年）の顧問の一人であった小倉氏とは、私が八三年から十七年間、同会の運営に携わるなかで、親しくご指導を仰ぐ間柄となる。

氏は、戦時中から宮澤家と親交があり、畢生の大作『「雨ニモマケズ」手帳の研究』のほか、教科書にも載ったことがある『絶後の記録』を著した人である。後者は、広島に落された原爆による被害の惨状を手探りながら克明に伝え、その数日後に亡くなってゆくまでの妻の言動を書き留め、二人の子と一緒に亡骸を囲み、「雨ニモマケズ」をお経代りに三人で唱えて瞑目したことなど、涙無しには読まれないことも記されている。

音楽との出会いは、まず、福島高校男声合唱団であった。電球一つだけの部室が薄暗くなって楽譜が見えなくなっても歌った愛唱曲「野ばら」（ウェルナー）や「小夜曲」（マルシュナー）は忘れがたい。大学ではコール・メルクール、卒業後ＯＢによって結成されたマーキュリー・グリークラブを通し、男声合唱のパートは、セカンド・テナーである。また、津田塾大学女声との合同による混声合唱団コーロ・ブリランテ、職場の日本興業銀行合唱団、そして、宗教音楽を中心に演奏会を重ねた東京楽友協会では、サブコンを務めたこともあった。

また、楽友協会指揮者の浜田徳昭の勧めで、合唱仲間同士で弦楽カルテットにチャレンジすべく、ヴィオラを手に入れ、その後数年間、週一回のレッスンに通ったこともある。

こうした体験が、ドイツとスイスでの銀行業務研修のトレーニーとして滞在する間に、現地人と親交を結ぶうえで力となったことをあらためて想起する。なかでも、フランクフルトでは、バッハの「ヨハネ受難曲」の練習に途中から参加して、受難節の教会での演奏会に、また、デュッセルドルフでは市の歴史ある合唱団の一員として、メンデルスゾーンのオラトリオ「エリア」をオケとの共演で歌う幸運にもめぐり会えたことは、終生の思い出である。

結局、俳句の師友を含めてのことだけれど、人生は人との、そして広い意味でのアートとの出会いに尽きると思う次第である。

著者略歴

佐藤映二（さとう　えいじ　本名・栄二）

一九三七年　福島県福島市に、父軍吉、母キミの次男として生まれる。
一九五三年　県立福島高等学校に入学。卒業時に、英語学の権威、斎藤勇にちなんだ英語賞を受賞する。
一九五七年　一橋大学経済学部入学。この年の冬、帰省した福島で、兄の本棚にあった『宮澤賢治名作選』（松田甚次郎編）を読み、宮沢賢治の人と作品に動かされる。
一九六一年　日本興業銀行（現　みずほフィナンシャルグループ）経理部に入行。
一九六三年　永沢浩子と結婚。
一九六四年　長女みのり誕生。
一九六六年　長男勉、次男治（双子）誕生。
佐藤寛著『宮沢賢治と死刑囚』に書店の売場で出会い、著者が宮沢賢治研究会理事長（当時）であることを知り、東京葛飾・金町在住の著者に書面で入会を申し込む。研究例会が上野の東電サービスステーション二階で第一土曜日の夜に開かれていると知らされ、この年の一二月例会から出席。以後、小澤俊郎、小原忠、恩田逸夫、高木栄一、続橋達雄、山﨑善次郎らの指導を仰ぐ。

一九七一年　勤務先より、欧州の銀行証券業務研修生としてドイツ、スイスに派遣され、語学研修を含め十ヶ月滞在。

一九七二年　一時帰国後、ドイツ日本興業銀行設立準備のため、再度ドイツへ。

一九七七年　ドイツより帰任。

一九八三年　詩誌「異教徒」（文治堂書店）に、W・デ＝ラ・メア著の童詩集『孔雀のパイ』を訳出。

一九八八年　雑誌「俳句研究」の選者藤田湘子の選に入ったのを機に、俳句結社「鷹」に入会。（九五年に退会。）

一九八九年　俳句結社「岳」に入会。宮坂静生主宰（当時「鷹」同人会長）の勧めによる。以後、今日まで懇切な指導を仰ぐことに。

一九九一年　ローマ銀行に転出。翌年、同行東京支店上席副支店長。支店長ドナテロ・リサンティの求めに応じ、英語による俳句の交流も。

一九九三年　宮沢賢治学会イーハトーブセンター理事に就く。（九七年任期満了）

一九九六年　同センター宮沢賢治生誕百年祭委員会委員長。

一九九七年　気圏オペラ「宮沢賢治」（仙道作三作曲。台本・小十郎）上演。（小十郎は佐藤栄二の筆名）

一九九八年　ローマ銀行を定年退職。路傍舎（まつど宮沢賢治研究会）を開設。会誌「みちのベニューースレター」（のちに「銀河地人通信」と改題）を編集発行する。（二〇〇八年　通算九四号をもって終刊。ただし、会員有志による「新・銀河地人通信」（発行人　佐藤栄二）に引き継がれ、同誌も第一九号をもって終刊。）

二〇〇〇年　国際交流基金の助成事業として、路傍舎会員三名とともに「宮沢賢治紹介の旅」。西ヨーロッパ四カ国を歴訪。

二〇〇一年　宮沢賢治研究会会長を退き、会長を外山正に引継ぐ。

二〇〇四年　国際交流基金の助成事業として再度、「宮沢賢治紹介の旅」。東南アジア三カ国を歴訪。

日蓮宗大本山中山法華経寺にて講演「宮沢賢治のこころ」。

二〇〇五年　路傍舎主催・NPO日本朗読協会協力によりアンデルセン生誕二百年記念チャリティー公演「宮沢賢治、アンデルセンに出会う」。

二〇〇七年　NHK教育テレビ「NHK俳句」（宮坂静生講師）にゲスト出演。

二〇〇九年　まつど宮沢賢治研究会主催により公演「宮沢賢治と弟清六」。

二〇一一年　同上主催により東日本大震災チャリティー公演「宮沢賢治と高村光太郎」。

二〇一八年　「岳」創立四〇周年記念大会（軽井沢プリンスホテル）。アーサー・ビナードvs柳田邦男ジョイント・トーク「日本語を生きる」を企画し、岩井かりんとともに司会進行を務める。

二〇一九年　ハイデルベルク大学東アジア学センターにて宮坂静生講演「『おくのほそ道』の核心―芭蕉の死生観」の後を承け、「俳句―世界で最も短い詩型の魅力とは」と題して、学生向けにミニレクチャー。

所属　宮沢賢治研究会顧問。
岳俳句会同人会長。
日本文藝家協会会員。
現代俳句協会賛助会員。
千葉県俳句作家協会理事。

著書　句集『羅須地人』（一九九五年、花神社）
評論『宮沢賢治　交響する魂』（〇六年、蒼丘書林）
著者名は佐藤栄二
共著『修羅はよみがえった』（〇七年、宮沢賢治記念会）
同右
句集『わが海図・賢治』（一〇年、角川書店）
句集『葛根湯』（一七年、現代俳句協会）
随筆『四季と折り合う』（二〇年、文治堂書店）

四季と折り合う

発　　行　初版 2020 年 11 月 21 日
　　　　　再版 2024 年　3 月　3 日
著　　者　佐 藤 映 二
表 紙 画　佐 藤　　勉
発 行 者　勝 畑 耕 一
発 行 所　文 治 堂 書 店
　　　　　〒167-0021 杉並区井草2-24-15
　　　　　E-mail: bunchi@pop06.odn.ne.jp
郵便振替　00180-6-116656
編　　集　具 羅 夢
印刷製本　㈱ いなもと印刷
　　　　　稲 本 修 一
　　　　　〒300-0007 土浦市板谷6-28-8